El patito feo

un cuento de
Hans Christian Andersen

ilustrado por
Jennie Williams

Troll Associates

Versión en español de Ernesto Reggianini
Copyright © 1979 by Troll Communications L.L.C.
Published by Troll Associates, an imprint and registered trademark of
Troll Communications L.L.C.

Printed in the United States of America.

10 9 8 7 6 5 4 3

Entre los juncos de un pequeño y asoleado estanque, había una pata sentada en su nido repleto de huevos. Había estado allí por largo tiempo. Los huevos comenzaban a romperse. Uno por uno, los pequeños patitos salían y miraban alrededor.

—¡Oh! —dijo la mamá pata—. ¡El más grande de todos los huevos todavía no se ha quebrado!

Y otra vez volvió a sentarse en el nido.

En ese momento, un pato viejo vino nadando hacia ella y le dijo: —Probablemente es un huevo de pavo. Escuche mi consejo y abandónelo.

Pero la mamá pata decidió sentarse en el huevo un ratito más. Al fin, comenzó a quebrarse, y tambaleante salió el bebé.

—¡Qué gris y que feo es!—pensó ella—. Quizás es un polluelo de pavo.

Al otro día, llevó hasta el agua a su nueva familia. Se metió y todos los patitos la siguieron —incluyendo el patito grande gris y feo.

—No puede ser un pavo —se dijo—. Nada muy bien.

Después llevó a los patitos a un lugar donde habían muchos patos.

—Pórtense respetuosamente —les dijo—, graznen con decoro, y caminen como patitos bien educados.

Ellos hicieron exactamente lo que les dijo. Pero algunos de los patos dijeron: —¿Qué? ¿Más patos? ¿Acaso no hay suficientes patos aquí?

—¡Miren ese patito feo! ¡No puede estar aquí!
¡Uno de los patos voló hacia el patito feo y lo picó!

En ese momento el pato más importante del lugar se acercó y dijo: —Doña pata qué lindos patitos ha tenido usted. Todos, excepto el gris; es una lástima pero se ve muy raro.

—No es lindo — dijo la mamá—, pero es buen nadador
como los otros. ¡De todas maneras, la apariencia no es tan
importante!

Pronto los otros patitos se sintieron como en su hogar.
Pero al patito feo todos le hacían burla y lo molestaban. Se
sentía muy triste.

Las cosas se pusieron peor. Entonces el patito feo
decidió irse del lugar. Al volar sobre las ramas, asustó a unos
pequeños pajaritos que volaron en diferentes direcciones.

—Ellos volaron porque yo soy muy feo —pensó.

Esa noche se quedó en el pantano. Por la mañana, los patos silvestres del pantano lo vieron.

—Eres muy feo — le dijeron.

Unos gansos silvestres se acercaron. Estaban recién

empollados y todavía no estaban bonitos: —Eres tan feo, pero nos gustas —dijeron.

—¿Por qué no nos acompañas, volaremos lejos de aquí?

En ese momento, unos cazadores comenzaron a
disparar y sus perros se zambulleron en el pantano. El
patito feo tenía tanto miedo que escondió su cabeza entre
las alas. Un gran perro cazador se acercó mostrando sus
afilados dientes. Pero después de salpicarlo pasó de largo.
El patito feo suspiró: —Soy tan feo que ni los perros
cazadores desean morderme.

El patito correteó hasta que llegó a una vieja cabaña.
Allí vivía una viejecita con una gallina y un gato. El gato
comenzó a ronronear y la gallina a cacarear. La viejecita no
veía muy bien y pensó que el patito feo era una gorda
mamá pata.

—¡Quizás tendremos huevos de pato! —dijo.

El patito se quedó, pero claro, nunca hubieron huevos.

El gato y la gallina se consideraban muy distinguidos.
Si el patito no estaba de acuerdo con ellos, la gallina le
decía: —¿Quién eres tú para ofrecer tu opinión?

Y el gato le decía: —¡Guarda tus ideas tontas para ti
mismo!

Pero un día, el patito sintió deseo de flotar en el agua y
se lo dijo a la gallina.

—¡Qué! —lo regaño la gallina— ¡Tienes estúpidas ideas porque no tienes nada que hacer! Empieza a ronronear o a poner unos huevos y estas ideas se te pasarán.

Pero el patito había decidido salir al mundo y flotar en el agua. Y así lo hizo. Todos los animales que lo veían se burlaban de él porque era muy feo.

Comenzó el otoño y llegó el frío. El patito feo estaba aún más triste. Una noche, vio unas hermosas aves blancas. Eran cisnes, con airosos cuellos curvados. De repente, dieron un graznido y, desplegando sus alas, volaron hacia el sur en busca de lugares cálidos.

Mirándolos volar hacia el cielo, el patito se sintió muy extraño. ¡Dio un fuerte y agudo aullido que él mismo se asustó!: —¿Quiénes son esas hermosas aves? —se preguntó— ¿Y por qué me siento tan raro cuando las veo?

Entonces llegó el invierno. El patito nadaba todo el día tratando de evitar que el agua del estanque se congelara. Pero por la noche, el hielo frío congeló al patito. Un granjero lo vio y le dio lástima. Rompió el hielo y cogió al patito y lo llevó a su hogar con su familia. Claro está que los niños deseaban jugar, pero el patito se asustó. Voló y derramó la

leche. Se paró sobre la mantequilla y se metió en el barril de granos. ¡Qué escena causó! Los niños se reían, la señora gritaba y todos trataban de agarrarlo. Pero el patito voló hacia afuera y se escondió entre las ramas.

El resto del invierno le trajo aún más problemas y desdichas.

Finalmente, la tibia primavera empezó a resplandecer, el patito desplegó sus alas y se elevó alto en el aire. ¡Había crecido mucho y se sentía fuerte! Voló y voló hasta que llegó a una casa con un hermoso jardín, en donde el olor de las flores llenaba el aire. El patito vio tres grandes cisnes blancos nadando en un tranquilo lago y otra vez se sintió muy extraño.

—Tengo que ir hacia ellos, aunque me digan que soy muy feo —dijo.

Descendió hasta el lago y nadando se acercó a los cisnes. Entonces, al hacer una tímida reverencia, vio su reflejo en el agua: "¿Ése soy yo?" pensó. Ya no era un patito feo. ¡Era un hermoso cisne!

Los otros cisnes vinieron a saludarlo. Unos niños que
tiraban pan al agua gritaron: —¡Miren! ¡Ha llegado un cisne
nuevo! ¡Es el más hermoso de todos!

Sintió vergüenza y escondió su cabeza bajo su ala. ¡Pero también estaba feliz! Recordó cómo antes se burlaban de él. Levantó su cabeza, meneó sus plumas y se dijo a sí mismo: —¡Nunca soñé que podría ser tan feliz cuando yo era el Patito Feo!